PROFESSOR

D

10歳からの行動経済学

天才デイビッドの大実験!

ぼくたちが宿題をサボる理由

ダン・アリエリー

オマー・ホフマン 絵　金原瑞人 訳

静山社

Professor D
Takes Control
Dan Ariely
Illustrations: Omer Hoffmann

Text copyright © 2023 Dan Ariely
Illustrations copyright © 2023 Omer Hoffmann
Published by Lama Publishers
Published by arrangement with Rights People, London,
through Japan UNI Agency, Inc., Tokyo

THIS BOOK BELONGS TO:

_____

_____

わたしのすてきな子どもたち、アミットとネタへ。

そしてこれまでに出会ったすばらしい人たち

──未熟なままでいていいし、

未熟でいることを楽しめばいいんだと

思わせてくれた──人たちへ。

もくじ

① 夢が！ ……………………… 11
② 宿題って ……………………… 20
③ 否定的な予想 ……………… 34
④ 科学的に ……………………… 47
⑤ 実験開始 ……………………… 52
⑥ ゲームオーバー …………… 68
⑦ ふたたびピンチ …………… 78
⑧ 運命の電話 ………………… 84
⑨ うん、いいかも …………… 96

　こんにちは ダン・アリエリーさん！……104
　これを読んだ人へ 実験してみよう！……111

この本に出てくる人

デイビッド・プリモ（ぼく）

タリ・プリモ（ママ）と
ロン・プリモ（パパ）

ドット……AIロボット犬

アミット……兄さん

ネタ……妹

モラレス……先生

モラン……親友

1
夢が！

最悪の音ってなんだろうって思ったことない？
その話をするね。
バスケットボールのチャンピオンシップ優勝決定戦、
のこり時間40秒。
相手チームはNBAのオールスター＋サッカー界の
スーパースター、リオネル・メッシ。
対するはチャペルヒル校チーム、キャプテンはデイビッド。
76対75で、オールスターチームがリード。

ドリブルで
オールスターチームの3人をかわし
ウイニングシュートのかまえ。その瞬間
いやな音がひびいた。トゥルルル……

選手は全員、ぴたっと止まってあたりを見回した。
なんだ、これ。ぜったい、へんだ。
だけど、なに、これ？

トゥルルル……
わかった！
最悪(さいあく)の音って、この目ざましの音だ。
だって、一生に一度のチャンスがふいになったんだから。
NBAのオールスターと**リオネル・メッシ**に勝てたのに。

目をつぶって、**ぎゅっとつぶって**、
試合(しあい)のつづきを想像(そうぞう)したら、その夢(ゆめ)がかなうかも。
もしかしたら勝てるかも。

夢は消えて、目がさめた。終わった。次はこれ？
いつもの大声。あれして、これしてって、ママの声だ。

ぼくにはプライバシーがないのか！
ママが部屋の外で大声でさけんでる！
ママったら、こんなに朝早くから、なんであんなに元気なんだ。

ほんと、よく寝てられるなあ。
あんな音が鳴って、**「出ないと」**とか**「遅刻」**とか
「わかってるでしょ」とか大声でいわれてるのに！
あれって、ひどくない？

ママはもう、学校がどんなものだったかわすれてるんだ。パパやママが子どもで、まだ恐竜がいたころは、学校ってちがってたのかも。それとも、おとなになると、「**わかってる**」って言葉の意味がわからなくなるのかも。

こないだの土曜日、ママに「パパと夕食を作るから、ネタと遊んでて。**わかってくれるわよね**」っていわれたから、正直に「ううん、わからない」って答えたんだ。だって、土曜日だっていうのに、なんで妹と遊ばなくちゃいけないんだよ、そうだろ？

だけど、ママにすごい顔でにらまれちゃった。あれはぜったいに、「**わかってる**」って意味がわかってないからだよ。そうに決まってる。

ベッドをととのえる時間なんてない。
なんで、ベッドをととのえたりしなくちゃいけないんだよ。
昼間はだれも見ないし、夜になったらまたぐちゃぐちゃになるのに。
このままでいいや。
ドアを閉めておけば、ママにはばれないよ。
さ、いくぞ、ドット。出発！

2

宿題って

ドット、ねむくてだめだ。
なんで、こんなに早く授業がはじまるんだろう。
あと1時間、寝たい！　そうしたら、すっきりする。

> その気持ち、
> 夜に思い出そうよ。
> 部屋には時計が**3つ**もあるのに
> 9時に寝られないんだから。

> 時間くらい**わかってたよ**。
> だけど、やってることを
> とちゅうでやめて
> 決まった時間に寝るのは
> **いやなんだ**。

> 11年、つまり4000回以上
> 夜を経験すれば、ふつうは
> 次の結論にたどりつくよ。
> **「決まった時間に
> 寝るのはいいことだ」**

そうだけど、なんていうか、寝る気になれないんだ。
夜起きてると、朝はずっと先だから、どうでもいいような気がして、
やってることをやめて寝るのが、ばからしくなるんじゃないかな。
ロボットは人間とちがうから、人間の気持ちがわからないんだよ。
ママもわかってないけどさ！　ママにもパパにも、
今週はもう2回おそくまで起きてたのはばれてるよね。
あーあ、規則とか決まりとか……。

あ、まずっ！　だけど、ぼくが悪いんじゃないよ！
だって、きのうは、ほかのことがいっぱいあって、
それで一日が終わっちゃったんだ。
うちに帰ってすぐ、ノートを開いたら、
そのとたんにスマホが鳴ったんだ。
モランからでさ、兄さんとシュートの点取り競争をして勝ったって。
それをきいて、思い出したんだ。
ぼくのボール、もう何日も地下室に置きっぱなしだった。
それで外に出てシュートの練習をやったんだ。

家に帰って、おなかがぺっこぺこだって気がついたから、
なにもかも放りだして、
おやつを食べに冷蔵庫まで走っていったんだよ。
そしたらさ……チョコレートケーキがあったんだ！

ほら、ママだって、宿題をするときはおなかがすいてちゃだめだと思うはずだろ。だから、ひと切れだけ食べて、部屋にもどったわけ。

だけど、チョコレートの味が口のなかで大あばれしてて、ぜんぜん集中できないから、
もうひと口かふた口食べようと思って、
キッチンにもどったんだよ。

それから、やっと、がんばるぞって思ったら、
兄さんが友だちといっしょに「**ファンタスティック・フォー**」を
見てて、それがきこえてきたんだ。
そしたらもう、部屋で勉強なんかしてられないだろ？
だって、ファンタスティック・フォーが
火星でエイリアン相手に戦(たたか)ってるんだもん。

ママが帰ってきて、宿題しなさいよっていわれたんだ……けど、
いすにすわったとたん、スマホがビビッて鳴ったから、
つい「変顔アプリ」を開いて、新しい動画をチェックして、
ぼくも動画を撮った。

夕食を食べたあと、宿題をするつもりでいたから、
ノートを持ってベッドにはいったんだけど、
まくらの上に探偵マンガがのってて、読みはじめたら、
もう止まらないんだよ、これが！
そしていつの間にか、寝てたってわけ。
だいじょうぶ、モラレス先生は
ぜったいにわかってくれるから！

ちがうね、ドット!
ぜったいにわかってくれる。っていうか、
先生は宿題のことなんてきかないんじゃないか。

ぼくはいいわけをしなかった。正直にぜんぶ説明(せつめい)した。
宿題をしなかったんじゃないんです、
ほかにすることがありすぎて、時間がなくなったんです。

栄養のあるおやつを
つくって、

友だちとやってる
自由研究をして、

きょうだいの
めんどうをみて、

宿題しようと
思ってました。

だけど
できなかったんです。
**ぼくが悪いんじゃ
ありません。**

だいじょうぶ、ドットの予想はいつもはずれるんだ。
モラレス先生はぼくの説明を、
うんうんと、うなずきながらきいてくれた。
それなのに先生ったら、ほんとうは**宿題をしたくない**から、
あれこれ理由をつけて楽しいことをしてたのかもしれないわよね、
なんていうんだ。
そこで、ほかの手をためすことにした。

先生は、短くひとこと、「そうよね」といってくれると思った。
ところが、モラレス先生はえんえんと、ぼくの気持ちと、
そういう気持ちになった理由について話しだした。
そしてこういったんだ。
いいかげんな先生なら、うまいいいわけを思いつくかしこい子ね
といってほめるかもしれないけど、わたしはちがうからって。
ぼくは、うそをついているとは思わないけど、っていわれたから、
てっきりこれで終わったと思って、
午後、モランとひとゲームやろうかなとか考えはじめた。
すると、モラレス先生が、いきなり、わわわわわっと話しだしたんだ。

いいたいことはよくわかるわよ。誘惑(ゆうわく)がたくさんあって、そのときは、そっちのほうが大切だって思ったんでしょう。でもね、問題は、宿題をやらなかったということ。明日までにちゃんとやってらっしゃい。
先生の話は、これで終わりじゃなかった！

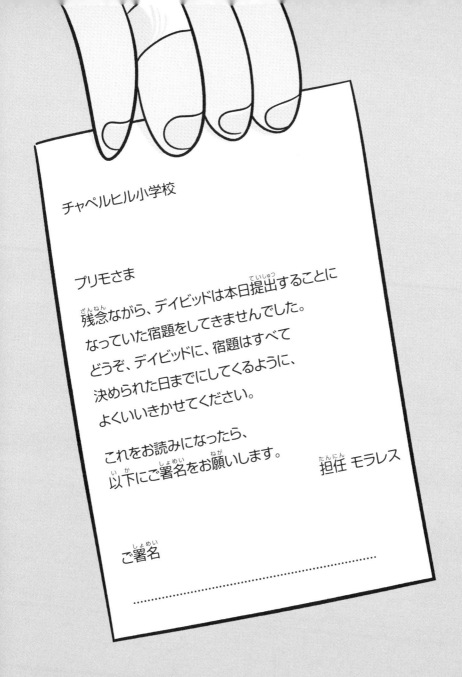

否定的な予想

学校がなんでつまんないかっていうと、
友だちと遊ぶ時間が少ないし、
授業中につまらない先生の話をきく時間が長いからだ。
だけど、最大の問題はなんだと思う？

宿題だよ、宿題。
起きてる時間のうち何時間も、あんなひどいところに
いなくちゃいけないっていうのに、遊ぶためにのこされた
わずかな時間を使って宿題をさせるなんて、ひどすぎる。
ぼくは時間がほしいんだ。ゲームバディ1000で遊んで、
バスケットの練習をして、テレビを見て、
モランと遊ぶ時間もほしい。なのに、きのうの宿題をして、
今日の宿題もしなくちゃならない！
それに、パパとママの署名をもらわなくちゃいけない。

わかってるって。先週ママに、こんなんじゃ、規則をもっときびしくするわよ、っていわれたんだけど、それって、宿題わすれと夜ふかしの前だったんだ。

今度の日曜日、モランのうちにとまりにいくつもりなのに、だめっていわれるに決まってる。

もう少しで買ってもらえそうなスケボーなんか、もうあきらめるしかないよ。ママとパパに、これってぼくのせいじゃないってわかってもらいたいなあ。

ドット、すごい！　証拠を集めよう！
科学的な実験が必要だね。
ぼくはスマホやおかしやテレビの誘惑に勝てないけど、
ママやパパも同じだって証明すればいいんだ。
そうすれば、ママだって、ぼくをしかったりできなくなる！
だけど、どうしよう？
モラレス先生が実験のことを話してたよね。
たしか、なにをしらべるか、どうやってしらべるか、
それを決めるんだっけ？

マシュマロ実験

― 実験の目的 ―

1
子どもは誘惑に
勝てるか?

2
どんな条件があれば
勝てるか?

3
誘惑に勝てる子どもは
どうなるか?

― 予想 ―

― 方法 ―

この実験で、科学者はおかしを使って子どもが誘惑に勝てるかどうかを試してみたんだ。

テーブルの上にマシュマロをひとつ置いて、食べてもいいけど**もしがまんできたら、**もうひとつあげるからふたつ食べられるよというんだ。

これを使えば、宿題ができなかったのは、
ぼくが悪いんじゃないってことをママに証明できるぞ。
これが証明できたら、モラレス先生からもらった紙を
ママとパパにわたして、署名してもらおう。**やった！**

えっと――ママもパパもぼくと同じように弱いものがあるから、
それを使えばいい。最初は食べ物かな。
ママとパパは食べ物にとても気をつけてるっていってたよ。
ふたりとも40歳をすぎて、少しずつ太ってきてるから、
何キロか体重をへらそうとしてるらしいんだ。
だけど、ふたりともレモンクッキーが大好きなんだよ。
だから、キッチンの戸棚の上に置いて、見えないようにして、
いつも、「目にはいらなければ、食べたくならない」っていってる。

だから、レモンクッキーを戸棚の上からとってきて、10個くらいキッチンテーブルの上のお皿にのせておいたらどうだろう。そしたら、「目にはいるから、食べたくなる」よ。手をのばせば届くところにあるんだし。
実験でしらべること：これくらいの誘惑の場合、ふたりはクッキーを何個食べるか

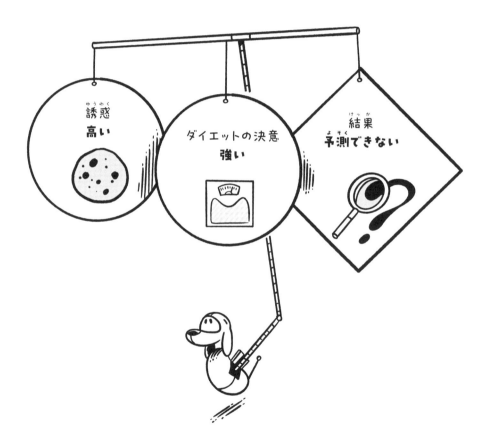

それから次の実験はスマホだ。ママもパパもぼくにいつも、食事中はスマホをチェックしないようにっていうんだ。だから今度はぼくがふたりをテストしてやる。

ぼくは「変顔アプリ」が大好きだ。
だって、すごくおもしろいんだもん。おかしい動画がいっぱいあるし、エフェクトもたくさん使えるからね。
これをママのスマホにインストールする。
それで、ふたりが夕食中に、見ないでいられるかどうか試してみる。

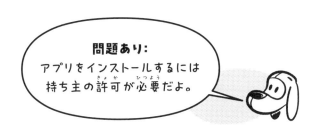

問題あり:
アプリをインストールするには
持ち主の許可が必要だよ。

そんなのかんたんだって！　ぼくが変顔の動画を撮って、
ママに、パパといっしょに見ようよっていうんだ。
そしたらふたりとも、見ようっていうに決まってる。
だって、かわいい息子がとったおもしろい動画なんだから。
ふたりともいいよっていうはずだよ。そしたらすぐに、
「変顔アプリ」をふたりのスマホにインストールしちゃう。

問題解決！

そのあとで、通知機能をオンにおけばいい。
ふたりがスマホをチェックしないでいられると思う？
だって、おもしろい動画がアップされましたって通知音が
しょっちゅう鳴るんだよ。

それから、もうひとつ！ テレビの実験をしないと。
そうだ、ママに、夕食のあと家族みんなで「**センサーX**」を
1話だけ見ようっていってみる。モランがいってたんだ。
あれは1話見たら、ぜったい、つづきが見たくなるって。
そうしたら、ママもパパも夢中になって、寝る時間に寝られなくなるかもしれない。

よし、この3つの実験が成功すれば、
ぼくのいいたいことが証明される！

④ 科学的に

問題1:
実際の実験ではたくさんの人に参加してもらうんだ。ふたりじゃ、だめ。

いいよ、わかった。
つまり、実験の場合は、こうなるといいなと思ってても、
そういう結果にならないことがある。だから
思いどおりにならなくても、それをみとめろってことだろ？
だけど、今回の実験は3つもあるんだ。
とにかく、やってみよう！

5 実験開始
じっけんかいし

ぜったい食べたくなるところに
クッキーを置けばいいんだよ。
そうすれば、ママもパパも食べちゃ
いけないのはわかってるけど、
食べたくてしょうがなくなって
こまるんだから。

これは体重をへらすっていうママの長期計画と、
いまの誘惑との戦いだね。
さあ、どっちが勝つと思う？

ドットの予想：
おとなは自分を
おさえることが
できると思う。

ドット、ぼくは
ちがうと思う。
誘惑の力は
すごいんだ。

さあ、クッキーはここに置くよ。ぼくはどこで観察してようかな。ママたちには、ぼくがキッチンで宿題をしてると思わせておいて、ふたりを観察すればいい。よし、準備しなくちゃ。

ここで、ふたりの注意がクッキーにむくようにしなくちゃ。
パパに、算数の答えが合ってるかどうかみてっていおう。
そしたらパパはあのお皿のそばを通って、こっちにくるはずだ。
そしたらぜったいにつまむ。1枚か、もしかしたら、もっと。

最初の実験の結果。
はじめに10枚あったクッキーが
20分後には2枚になっていた。
パパが5枚、ママが3枚。
誘惑の圧倒的な勝利！
よし、つぎの実験だ。

よし、計画どおりだ。通知機能をオンにして、
新しい動画がアップされるたびに、音が鳴るようにしておこう。
誘惑の力を思い知れ！

ふたつめの実験の結果は明らかだ！
夕食のとき、ふたりは5回もスマホに夢中になった。
ママが3回、パパが2回。
これでもうひとつ、人間は誘惑に弱いっていう証拠が見つかった！
次の実験に取りかかろうと思っていたら、
兄さんがやってくれて、びっくり。

兄さんとぼくが見ようといって——
モラレス先生もすすめてるんだ。
パパは、おいしい夕食のあとを
家族でいっしょにすごすのは、いいんじゃないかといってくれた。
だけど、ママはいつものように……「**じゃあ**」。

「センサーX」は最高だった！　おもしろすぎて、第1話が終わって第2話になったのに、だれも気がつかない。全員、テレビにべったり「ノリヅケ」だ。それから30分たっても、だれも動こうとしなかった。

パパもママもだまったままだ。
パパはママを、ママはパパを見ている。
頭のなかで、ふたつの声がけんかしてるんだ。
片方は、もうおそいといってて、片方は、もっと見たいといってる！

2時間たっても、みんなソファにだへっとなって、
ねむいのをがまんして、テレビを見てた。
第4話が終わって第5話がはじまりそうになったとき、
ママが大声でいった。

ぼくは、人間は誘惑に弱いって証拠を
耳でたしかめながら、ねむった。
ドットの調査機能をかりれば、
なぜ人間はこうしようと思ってもできないか、わかるだろう。

ゲームオーバー

いつもはぼくが最後に起きるんだけど、けさ目がさめたら、
家のなかは、ぞっとするくらい静かだった。
スマホを見たら、7時にかけておいたアラームがとめてあって、
8時10分だった！

やった！ テレビの画面をチェック。うそみたい！
ママもパパもシリーズ、ぜんぶ見たんだ！
ぼくは２～３秒、勝利をかみしめてから、大声でいった。

ママの口が機関銃になって、
命令が飛び出した。

ぼくはじっと、待ってた。こういうときは、
最後の最後にやるのがいちばん効果的だ。
みんなが家を出ようとしたとき、
ぼくはモラレス先生にもらった紙をママにわたして、
落ち着いた声で、サインしてといった。

もちろん、なんていうかは考えてあった。
まず、ぼくは宿題をわすれたんじゃない。
ほんとに、ちゃんとやらなくちゃと思ってたんだよ。
だけど、学校から帰って、まっすぐ部屋に行って
宿題をやろうとしたら、モランから緊急の電話がきて、
話しはじめたんだ。

ここで、スマホの実験の結果を発表した。
きのうの夕食のときずっと、
ふたりが「変顔アプリ」に夢中になったってこと。

それは、わかったけど
モランとスマホで話したあと
宿題をすればよかった
じゃないの。

長いこと
しゃべってたから
おなかがすいて、なにか
食べたくなっちゃったんだ。
そしたら冷蔵庫のケーキが
すごくおいしそう
だったから。

なるほど。
それで、あの
ケーキがなく
なったのか。

ママはバランスのいい食事がどんなに大切か、
いつものように話しはじめた。
そして、ひときれくらいならいいけど、
あんなに食べちゃ体によくないし、
あれはみんなのデザートに出すつもりだったのよ、といった。

待ってました！
きのう、ママとパパがレモンクッキーを
つまんで食べたことをいおう。
ちゃんと数もかぞえておいたからね。
ふたりは夕食の前に8個(こ)も食べた！

少しのあいだ、ふたりともだまっていたけど、
パパが、これじゃだめだと思ってまた話しだした。
そしてケーキとスマホだけじゃ、
宿題をしなかった理由にならないといった。

ふたりとも、ついさっきまで
テレビの前で寝ていたことをすっかりわすれてる。
じゃあ、ぼくが思い出させてあげなくちゃ。

待ってました！ ここで結論をいわなくちゃ。
そこで、「**レモンクッキー**」と「**変顔アプリ**」と
「**センサーX**」のことを話して、
ほんとうに悪いのはぼくじゃない、
人はみんな誘惑に弱いんだよといった。

⑦ ふたたびピンチ

やった！ 実験は大成功。
ママは感心してくれたのか、罰はなかった。
それに今度の週末は楽しいぞ。モランのうちにとまれるんだから！
ドット、ぼくの将来が見えてきたよ。ぼくは科学者になる！
ところが、そのとき、ドットが
近い未来のことを思い出させてくれた。
実験を３つもやって、すごくおもしろくて、
また宿題をしなかったんだ。

見つからないように自分の席まで行こうとした。
ドアのところですぐ左にまがって、
かべにそってこっそり歩いたんだ。
だけど、モラレス先生はいつものように、
ちゃんとあいさつしてくれた。

ぼくはサインしてもらった書類(しょるい)を先生にわたして、
どうしようかと考えた。なんとかごまかすしかない。

ぼくはこういった。
先生のマシュマロ実験の話をきいて感動したから、
自分でもやってみることにしたんです。
人間のことをもっとわかりたかったし、なんでぼくは、
こうしようと思って、ちゃんとやるつもりでいるのにできないのか
知りたかったから。そして3つの実験がすべて成功して、
予想どおりの結果が出ました。
それから、とても大切な結論をはっきりと大きな声でいったんだ。

うそだろ？！
モラレス先生ったら、ぼくの結論をむししして、きのう、
ドットがあげた4つの問題をくりかえしたんだ。
まずい、こまったぞ。

モラレス先生はぼくのいうことをきいてくれなかった。
ぼくがいつかは人の役に立つ頭のいい人間に、
なれるかもしれないと思ってくれてるんだろうけど、
いまは絶望的だ。
モラレス先生は、今夜８時にママに電話して、
大切な話をしなくちゃいけないっていったんだ。

デイビッド博士

デイビッド・プリモ

ご両親に
先生から電話があるって
伝えておいてね！

8 運命の電話

頭のなかで危険信号が鳴りつづけていた。
今度はママになんていおう？
ママとパパに、今夜、モラレス先生から電話がくることを話して、それでもぼくの味方になってもらうには、どうすればいい？
ドット、どうしよう？

だけど、どうすればいいんだよ？
だって、楽しいことと、ちっとも楽しくないことがあるんだもん。
そしたら、楽しいことをするから、
楽しくないことは、しなくちゃいけなくてもできないよ。
ぼくは毎日、そうしてる。っていうか、毎日、何度もそうしてるんだ！
それがどんなにまずいか、
ぼく以上にわかっている人はいないと思う。
だって、ぼくは楽しいことには弱いんだ。
きのう楽しかったことは、
今日も楽しいし、明日も楽しいに決まってる。
おかし、スマホ、テレビ、友だち——みんな大好きなんだから。
これって、未来は暗いってことかなあ！

解決法1:
誘惑をとりのぞく

方法:
楽しいものを
まわりに
置かない。

予想:
誘惑がなくなれば
だいじょうぶ。
しなくちゃいけない
ことができるよう
になる。

そうか！　あの実験を思い出すよ！
パパが次々にクッキーを食べたのは、
あのお皿のそばを行ったり来たりしたからだ。
ママが「変顔アプリ」を見てばかりいたのは、
次々に新しい動画がアップされたからだ。
あれはおもしろかったなあ！
そのあと、第1話だけみてみようっていったら、
あとは「センサーX」の制作スタッフがやってくれて、
ふたりとも最後まで見ちゃった！

よし、考えてみよう。
あの日、宿題をやりかけたところにモランから電話があって、
バスケの点数競争で勝った話をきいて、ぼくもやりたくなった。
そして自分の部屋にもどってみたら、
スマホの画面に新着の通知が出てた。

うちに帰ってすぐにスマホの電源を切って、
宿題が終わるまでそのままにしておけば、
いろんな誘惑はさけられる！

解決法1
完了！
さあ、次へ！

解決法2:

ルールづくり

方法:
宿題を終わらせる
ためのルールを
いくつか決める。

予想:
ルールを決めれば
することと
してはいけないことが
はっきりするから
まっすぐゴールに
たどりつくことが
できる。

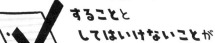

むりだよ！
それって、9時には寝るってルールもはいるんだろ？
だめ。ルールなんかだいきらいだ！！！

だけど、ちょっと待って。
ちゃんと宿題ができるようにするためのルールってあるのかなあ。

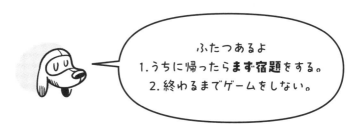

だけどさ、ルールって宿題と同じくらい、きらいなんだよね。
てことは、ときどき、まちがいなく、やぶっちゃうよ。
いつもルールを守るなんて、きびしすぎる。

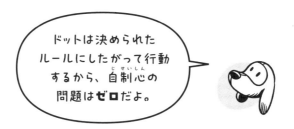

人間はゼロってわけにはいかないんだって。
だから、ときどきルールを守れなくてもしょうがないんだよ。
ぼくだって、一生けんめい守ろうとして守れないんだからさ。

解決法3: ごほうび！

方法:
楽しいことや
うれしいことを
考えてみる。

予想:
ごほうびがあると
やる気が出るし
がんばるぞという
気持ちになれる。

それ、いい！　科学がやっと楽しく思えてきた！
学校から帰ってきたら、
ケーキをひときれとアイスクリーム2個ってどう？

事実
いいことをしたときの
ごほうびは、
早ければ早いほど
うれしい。

おすすめ
夕食の前に宿題をすませたら
自分に小さなごほうびをあげる。
大きなごほうびを
長いこと待つより
そのほうがいい。

わかった。
じゃあ、「ファンタスティック・フォー」を見ていいことにする。
これなら毎日のごほうびにしてもだいじょうぶ。
だけど、宿題が多くて、夕食前に終わらなかったら？

調査の結果
多くの社会学者が自制心、
つまり自分をコントロールすることについて、
長いこと調査をしてきたんだ。
そしてこの誘惑に負けるという問題は、
新しいものでもなければ、特別な人
だけのものでもないことがわかっている。
みんな同じなんだ。

ドットの解決法や考え方はすごくいいよ。
実際に使えるんだもん！ ぼくはこれから、ひとつの解決法を、
ママを相手に試してみるだけでいい。
8時にモラレス先生から電話がくる直前にやってみる。

「ふたり
いっしょに
また、こっそり
モード？」

うん、いいかも

ママもパパも、あくびしてばかり。ねむくてしょうがないから、ぼくがきのうも宿題をしなかったといっても、なにもいわない。よし、考えておいたことを話そう。

最初に、めんどうなことになっちゃってごめん、
とあやまって、こういう。
宿題を先にやらなくちゃいけないのはわかってるから、
ちゃんとやる計画を立てたんだよ！
次に、ふたりにこういう。
まじめに調査をして、いくつか実験をして、
はっきりした結論を出した。
つまり、ママやパパもぼくと同じように、
誘惑には弱いってことを証明したんだ。

誘惑と自制心の戦いは
ちっともめずらしく
ないんだ。人間って
そういうものなんだから！

最後に、こういう。
誘惑を少なくする方法を考えついたから、
これからは、宿題をちゃんとすませるのが楽になると思うよ。

こっそりママを見て、びっくりした。
ママもパパもしんけんにきいてくれてる。
にこにこして、最後には拍手してくれた。

時計を見ると、8時2分前。時間がない。
ぼくはふたりに、ごめん、もういかないと、といった。

ぼくは、もちろん、なりゆきまかせにはしない。
ふたりに、要点をまとめた紙をさっとわたした。

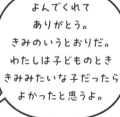

まず、わたしの好きな実験を紹介しよう。
これはかんたんでわかりやすく、とても重要なこと、
つまり、わたしたちはなにかを決めるとき、
どう考えて決めているかについての実験だ。

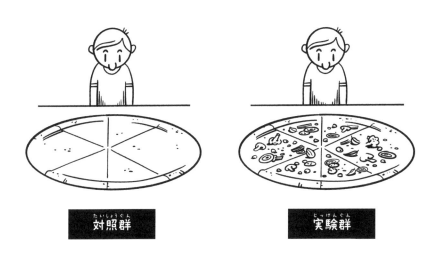

この実験ではピザを食べようと思っている人を
ふたつのグループに分ける。
対照群の人にはプレーンの**ピザ**をわたして、
好きなトッピングを注文してもらう。
実験群の人には**12種類**の**トッピング**をしてあるピザをわたして、
食べたくないトッピングをとりのぞいてもらう。

さて、トッピングの数は？
どちらのグループも同じだっただろうか。
それとも、選び方がちがうと結果もちがったのだろうか。

きっと、みんな結果を知りたいと思っているはずだ。
だがその前に、この質問をもとに、
自分で実験をして、答えを考えてみよう。
人間についての研究では「**力と行動**」がどう関係しているかを実験で明らかにする。
つまり、人にある種の**力**を加えると、
それが**行動**にどう影響するかを観察するわけだ。

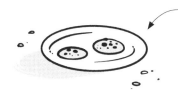

クッキーの実験の場合、
力はクッキーが置かれている位置、
つまり、近くにあるか
遠くにあるかだ。
そして実験の目的は、クッキーの位置が人の**行動**に
どんな影響をあたえるか──
位置によって手にとるクッキーの数が変わるか──を調べること。

学生のレポートの実験では、
力は「しめきりの回数」と
「提出する時期」だった。
同じ間隔を空けて3回提出する場合と、
学期の終わりに3つまとめて
提出する場合をくらべてみた。

112

目的は、レポートのしめきりを変えることは
学生の**行動**や成績に影響をあたえるかどうかを調べること。
そして**ピザの実験**では、**力**は最初に出されるピザの状態——
トッピングがあるかないか——で、
目的は、最初に出されるピザの状態によって、
ピザにのせるトッピングの**数が変わるか**どうかを調べること。

さて、これから自分で実験をしてみよう。まず、「**力**」を決める。
そして、その「**力**」が人間の「**行動**」にどう影響するかを予想して、
どんな人に**参加**してもらうか考えてみよう。

力：
___

行動：
___

参加者：
___

目的：
___

目的が決まったら、どんなふうに実験するか、計画を立てよう。

下の空いているところに、

自分の目的に合った実験をするにはどうすればいいかを書こう。

対照群は？

実験群は？

なにによって結果を判断するか

ここで、ピザの実験にもどろう。
どちらのグループのトッピングが多かっただろう？
それとも、どちらのグループも同じくらい選んだかな？
その結果が下のグラフだ。

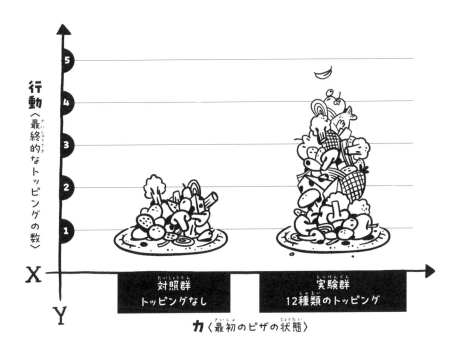

このグラフからわかるように、
プレーンのピザを出されたグループが選んだトッピングは約2.5種類で、12種類のトッピングのピザを出されたグループが選んだトッピングは約5種類だった。
こんなふうにふたつのグループをくらべれば、結果が出る。
つまり、ピザの最初の状態によって、最終的にピザにのせる（のこる）**トッピングの数**は変わることがわかった。

下のグラフに、自分の実験の結果がどうなるか予想を書きこんでみよう。

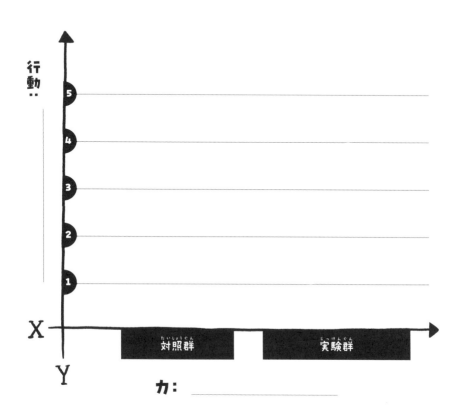

まず、**X軸**に実験で使う「**力**」を書きこもう。

それから、ピザの実験のグラフを参考にして、実験に参加してもらうふたつのグループ——**対照群**と**実験群**——の名前を書きこもう。

次に、Y軸にこれから観察する「**行動**」を書きこもう。
最後に、グラフを書きこもう！
結果はどうなると思う？

そうだ、重要なことをいっておかなくては。
実験の結果が予想とちがうことはよくある。
結果を見てびっくりすることもあるが、
そういうときのほうが学ぶことは多いんだよ。

もしきみの考えた実験を知らせたくなったら、
pd@danariely.comにメールで送ってほしい。
きみの実験が実現するかどうかわからないし、
思いつきに終わるのかどうかもわからないけどね。

最後にひとつ。これから、人間について考え、学び、
よりよい決断をするための方法をさがしつづけてほしい。

じゃあ、元気で。

ダン・アリエリー

謝辞

こんな本を書いてみようと思いついたのは、ヤエル・モルチャドスキーと楽しく仕事の話をしているときでした。そしてその後、ヤエルの鋭い指摘や豊かな想像の助けを借りてこの本ができあがりました。また、才能あふれるイラストレーター、オマー・ホフマンにも深く感謝しています。彼のおかげでこの本はとてもユニークな主人公が活躍するユニークなものになりました。ページ割りや絵をデザインしてくれたマイケル・メガン、有益なコメントをくれたマライア・バーボ、私の毎日の生活を支えてくれたミーガン・ハガティ、この本の企画を実現してくれたダニエル・ドリンガーにも感謝します。みなさんからエネルギーと喜びと創造力をいただきました。この本が完成してしまったのは残念ですが、デイビッドのアイデアをまたみんなで本にすることを楽しみにしています。

著者 ダン・アリエリー

ニューヨーク出身。行動経済学研究の第一人者。デューク大学教授。ノースカロライナ大学チャペルヒル校で認知心理学の修士号と博士号、デューク大学で経営学の博士号を取得。2008年に刊行された『予想どおりに不合理』は、米国各メディアのベストセラーリストを席巻。ほかに『不合理だからすべてがうまくいく』、『ずる──嘘とごまかしの行動経済学』（いずれも早川書房）がある。

訳者 金原瑞人

岡山県出身。翻訳家。法政大学社会学部教授。児童文学、ヤングアダルト小説、一般書など幅広い翻訳を手がける。「バーティミアス」シリーズ、「パーシー・ジャクソン」シリーズ（ともに静山社ペガサス文庫）、『終わらない夜』、『真昼の夢』（ともにほるぷ出版）、『さよならを待つふたりのために』（岩波書店）ほか多数。

10歳からの行動経済学
天才デイビッドの大実験！
ぼくたちが宿題をサボる理由

2024年9月10日　初版発行

著者　ダン・アリエリー
絵　オマー・ホフマン
訳者　金原瑞人
発行者　吉川廣通
発行所　株式会社静山社
〒102-0073　東京都千代田区九段北1-15-15
電話 03-5210-7221

印刷・製本 中央精版印刷株式会社
組版・装丁 アルビレオ
編集　木内早季

本書の無断複写複製は著作権法により例外を除き禁じられています。
また、私的使用以外のいかなる電子的複写複製も認められておりません。
落丁・乱丁の場合はお取り替えいたします。
Japanese text ©Mizuhito Kanehara 2024
ISBN 978-4-86389-841-7　Printed in Japan